uğurböceği
yayınları

Yayınevi Sertifika No: 14452
Yayın No: 76

PEYGAMBERİN KÜÇÜK ARKADAŞLARI
M. Sinan Adalı

Genel Yayın Yönetmeni: İbrahim Halil Temel
Yayınevi Editörü: Ömer Faruk Paksu
Tashih: Emine Aydın
İç Düzen ve Kapak: Zafer Yayınları

ISBN: 978-975-8781-82-9
27. Baskı: Ekim 2017

Uğurböceği Yayınları, Zafer Yayın Grubu'nun bir kuruluşudur.
Talatpaşa Mah. İmrahor Cad. Terasevler Sitesi No: 1-A Kâğıthane/İstanbul
Tel: (0212) 446 21 00 • Faks: (0212) 446 01 39
www.zafer.com • zafer@zafer.com
twitter.com/zaferyayinlari • facebook.com/zaferyayinlari •
instagram.com/ugurbocegiyayinlari

Baskı-Cilt: Erkam Yayın San. ve Tic. A.Ş.
İkitelli O.S.B. Mah. Atatürk Bul. Haseyad 1. Kısım No: 60/3-C Başakşehir/İstanbul
Tel: (0212) 671 07 00 • Matbaa Sertifika No: 19891

Peygamberin küçük arkadaşları

Sevgili Peygamberimiz'in
çocuklarla ilgili tatlı hatıraları

M. Sinan Adalı

Resimleyen: Sevgi İçigen

içindekiler

sunuş

SEVGİLİ ÇOCUKLAR, sizler için bu kitabı hazırlarken, hacmi küçücük ama içi hazinelerle dolu bir kitap olsun istedik.

Sayfalarını teker teker çevirirken, içiniz Sevgili Peygamberimiz'in sevgisi ile dolsun istedik...

O'nun küçük arkadaşları ile olan tatlı hatıralarını okudukça, Peygamberimizin çocukları ne kadar çok sevdiğini görüp, öğrenin istedik...

Kendinizi, saadet asrının o çok ama çok şanslı çocukları arasında hayal edin.. Aranızdaki koca koca asırları bir kenara iterek, Medine'nin daracık sokaklarında, güle oynaya koşturun ve Peygamberimiz'in gül kokusunu içinize çekin istedik...

— Uğurböceği Yayınları

İlk Müslüman çocuk

İSLAMİYETİN ilk günleriydi. Yeryüzünde iki tane Müslüman vardı. Biri Sevgili Peygamberimiz diğeri de, onun sevgili ve fedakâr eşi, Hatice annemiz.

Vahiy Meleği, Peygamberimize, nasıl abdest alacağını ve nasıl namaz kılacağını bir bir göstermişti.

Peygamberimiz de, bunları Hatice annemiz'e bir bir öğretti.

Bir gün birlikte namaz kılıyorlardı.

Peygamberimiz'in amcası Ebu Talib'in küçük oğlu Ali, onların evinde yaşıyordu ve namaz kılarlarken, her ikisini de gördü. Onlara, ne yaptıklarını sordu.

Peygamberimiz Ali'ye, namaz kıldıklarını söyledi. Namazın ne olduğunu anlattı. Sonra onu da, Allah'a iman etmeye davet etti.

Ali çok şaşırmıştı.

Hemen cevap vermedi. Bütün geceyi Peygamberimizin kendisine anlattığı şeyleri düşünerek geçirdi.

Sabah olunca da, koşup Müslüman olmak istediğini söyledi.

Peygamberimiz ona:

"Babana sordun mu?" dedi.

Ali henüz küçük bir çocuktu ama, o gün çok büyük bir cevap verdi:

"Allah beni yaratırken babama sormadı ki!"

Böylece Ali, Müslüman olan ilk çocuk oldu.

O çocuk, Peygamberimiz'in yanından hayatı boyunca hiç ayrılmayan, dinimize büyük hizmetler eden, hepimizin çok sevdiği, Hz. Ali'dir.

"Ben varım!"

ALLAH, sevgili Peygamberimiz'e, herkesten önce yakın akrabalarını İslâm Dini'ne davet etmesini emretti. Peygamberimiz de, evinde bir davet verdi. Akrabalarını yemeğe çağırdı.

Onlar geldiler ve sofranın başına oturup, yiyip içmeye başladılar. Neredeyse kırk kişi kadardılar.

Peygamberimiz onlara, kendisinin son peygamber olduğunu söyledi. Hepsini İslâm Dini'ne davet etti. Putlara tapmaktan vazgeçmelerini istedi. Sözlerini bitirirken de, şöyle dedi:

"Allah'tan başka yaratıcı olmadığına ve benim O'nun Elçisi olduğuma iman edin. Allah bana, ilk önce sizi İslâm'a davet etmemi emretti.

Ben hem sizin, hem de bütün insanların peygamberiyim. Aranızda, bana bu yolda yardımcı olacak kim var?"

Kimse, cevap vermedi. Ancak içlerinden yaşça en küçük olan ayağa kalktı ve:

"Ben varım!" dedi.

Sevgili Peygamberimiz ona:

"Sen otur!" emretti ve tekrar sordu.

"Aranızda, bana yardımcı olacak kim var?"

Ancak o küçük çocuktan başka hiç kimse yine cevap vermedi:

“Ben varım!”

Sevgili Peygamberimiz, ona tekrar:

“Sen otur!” dedi ve sorusunu üçüncü kez sordu:

“Bana yardımcı olacak kim var?”

Kimseden ses çıkmadı, o küçük çocuk tekrar ayağa kalktı ve üçüncü kez:

“Ben varım Ey Allah’ın Elçisi! Buradakilerin en küçüğü ve en sıskası olsam da, sana kardeş ve yardımcı olurum!”

Hepsi sustu. O koca koca adamlardan hiç ses çıkmadı.

Sevgili Peygamberimiz, gül kokulu elini o küçük çocuğun elinin üzerine koydu.

O küçük, zayıf çocuk, Hz. Ali idi. O gün, on yaşlarında ancak vardı. Ve Peygamberimiz’e verdiği sözü, hayatı boyunca tuttu. Onun en yakın arkadaşlarından ve yardımcılarından biri oldu.

Zeyd'in tercihi

ZEYD, anne ve babası ile mutlu bir hayat süren küçük bir çocuktu. Birgün, anne ve babası ile, akrabalarını ziyaret etmek için yolculuğa çıktı. Ancak, yolda adam kaçırıcı eşkiyalar tarafından kervanları basıldı ve Zeyd'i kaçırdılar. Sonra da, köle pazarında satılığa çıkardılar. O zamanlar insanlar, özellikle de böyle çocuklar, pazarlarda satılıyordu.

Zavallı Zeyd, daha on-on iki yaşlarındaydı. Çok korkuyordu. Anne ve babasından ayrıldığı için çok, ama çok üzgündü.

Ancak, Zeyd'in başına gelen bu en kötü şey, aslında en iyi şeydi.

Zeyd'i Mekke'nin zengin hanımlarından biri satın aldı. Adı Hatice idi bu hanımın. Hatice hem zengin bir kadındı, hem soyluydu, hem de Mekke'nin en iyi kalpli hanımıydı. Ama asıl önemlisi, bir süre sonra da Sevgili Peygamberimiz ile evlenerek, bütün Müslüman çocukların 'Hatice Ana'sı olacaktı.

Hatice Ana'mız, Peygamberimiz ile evlendikten sonra Zeyd'i, Peygamberimiz'e verdi. Zeyd, bundan böyle hep onun yanında kalacak, onunla seyahate çıkacak, onunla birlikte çalışacaktı.

Şu Zeyd'in talihine bakar mısınız? Ne

kadar kötü başladı ama sonu ne kadar da güzel oldu değil mi!?

Peygamberimize, henüz peygamberlik görevi verilmemişti.

Ama o Mekke'nin en iyi, en akıllı, en güvenilir insanıydı. İnsanlar ona EMİN ismini takmışlardı.

Zeyd, Peygamberimizi, Peygamberimiz de Zeyd'i çok sevdi.

Bir gün, çölden bazı adamlar geldiler. Bunlar, yıllardır Zeyd'i arayan babası ve amcasıydı. Bir şekilde Zeyd'in yerini öğrenmişler ve onu almaya gelmişlerdi.

Sorup soruşturdular ve Hatice Anamız ile Peygamberimiz'in evini buldular.

Zeyd bir anda babası ve amcasını karşısında görünce, şaşkınlıktan ne yapacağını şaşırdı.

Yıllardır görmediği oğlunu bir anda karşısında gören babası ise, sevinçle oğluna seslendi:

"Zeyd! Oğlum, bak seni bulduk. Hadi bize sahibini çağır. Bedelin ne kadarsa ödeyelim ve seni alıp gidelim buradan!"

Zeyd, babasını gördüğüne elbette sevinmişti ama Peygamberimiz'den ayrılacak olması, onu bir anda sonsuz üzüntülere boğmuştu.

Boynunu bükerek, Peygamberimiz'in yanına gitti ve:

"Babam ile amcam geldi. Benim bedelimi ödeyip almak istiyorlar. Beni buradan götürecekler.." dedi.

Peygamberimiz ışıl ışıl gülümsedi ve:

"Eğer onlarla gitmek istiyorsan, sen özgürsün! Para ödemelerine gerek yok. Gidebilirsin.

Benim yanımda kalmak istersen, beni tercih edersen; vallahi beni tercih edeni, ben de kimselere değişmem!" dedi.

Zeyd'in babası ve amcası bu konuşmaları duyuyorlardı. Her ikisi de çok şaşkındılar. Zeyd ise susuyordu. Bir süre daha sustu ama sonra, babasına dönerek:

"Ey babam ve amcam!

Beni affedin.

Ben sizinle gelmeyeceğim.

Ben, Muhammed'den (asm.) ayrılmayacağım. Onu terk etmeyeceğim!" dedi.

Zeyd'in babası, oğlunu geri alamadığı için üzülmüştü. Ama onun çok çok iyi bir kimsenin yanında olduğunu gördüğü için, içi rahattı.

Kısa bir süre sonra, Peygamberimize, vahiy geldi ve Peygamberlik görevi verildi. Bundan sonra Zeyd, onun peygamberliğini ilk kabul edenlerden biri oldu. Hayatı boyunca, Peygamberimizin yanından ayrılmadı, onu en çok sevenlerden ve onun en çok sevdiklerinden biri oldu...

“Ben de sizi seviyorum”

SEVGİLİ PEYGAMBERİMİZ’İN, Mekke’den Medine’ye doğru çıktığı hicret yolculuğu, nihayet bitmek üzereydi. Medine’nin az biraz dışındaki Kuba Köyü’nde, on dört gün kadar misafir olmuştu ve şimdi Medine’ye gidiyordu.

Medine halkı, bu müjdeli haberi almış ve Peygamberimiz’i karşılamak üzere, yollara dizilmişti.

Kadınlar şarkılar söylüyorlardı. Minicik minicik çocuklar, bir yandan şiirler okuyor, bir yandan da, tef çalıyorlar ve ellerini gözlerinin üzerine siper yaparak, merak ve heyecanla karşıki tepelere bakıyorlardı.

Sonunda Peygamberimiz ve sadık dostu Hz. Ebu Bekir, ufukta görünüverdi.

Medinelilerin sevinç çığlıkları yeri göğü inletiyordu. Sanki daha önceden anlaşmışlar gibi, aynı şarkıyı söylemeye başladılar:

"Veda tepelerinden ay doğdu üzerimize
Ey bizden seçilen elçi!
Yüce bir davetle geldin.
Sen bu şehre şeref verdin.
Ey sevgili hoş geldin!"

Sevgili Peygamberimiz, şehre iyice yaklaşınca kendisine doğru koşuveren küçük çocuklara selam verdi.

Çocuklar ise:

"Seni seviyoruz! Seni seviyoruz!" diye bağırışıyorlardı.

Peygamberimiz, onlara güneşler aylar gibi parıldayan çehresiyle gülümsedi ve:

"Ben de sizi seviyorum!" dedi.

Çocuklar, öyle çok sevindiler ki...

Enescik

PEYGAMBERİMİZ, Medine'ye geldiğinde, onun yolunu hasretle bekleyen Medine'liler, ona türlü türlü hediyeler vererek, "Hoşgeldin!" dediler.

Medine'de Ümmü Süleym adında kadın yaşardı. O da, Peygamberimiz'e bir hediye vermek istiyordu.

Ama verecek hiçbir şeyi yoktu. Belki vardı da, onu Peygamberimiz'e layık göremiyordu. Çok güzel bir hediye vermek istiyordu.

Ümmü Süleym'in dokuz-on yaşlarında Enes adında bir oğlu vardı. Bir gün Enes'i elinden tutup, Sevgili Peygamberimiz'in yanına götürdü ve:

"Ey Allah'ın Elçisi! Siz şehrimizi şereflendirdiniz. Hoşgeldiniz!

Herkes, kendine göre bir hediye getirdi. Ben yanımda size layık bir hediye bulamadım. Ama bu oğlumu getirdim. Onun adı Enes'tir. Kabul ederseniz, bundan sonra size hizmet etsin" dedi.

Sevgili Peygamberimiz Enes'i çok sevdi. Enes de, her şeyden ve herkesten çok

Sevgili Peygamberimiz'i sevdi.

Enes, sabah evinden çıkar, Peygamberimizin yanına giderdi ve akşama kadar onun yanında kalırdı. Akşam olunca da, evine dönerdi. On yıl boyunca Peygamberimiz'den ayrılmadı, ona güzelce hizmet etti.

Peygamberimiz Enes'e "Yavrum" derdi, "Oğlum" derdi, "Kuzum" derdi, "Enescik" derdi.. Bazen de, "çift kulaklı" diye sever, takılırdı.

Enes, biraz inatçı ve biraz da yaramazdı. Ama Peygamberimiz ona hiçbir zaman kızmadı.

On yıl boyunca bir kez olsun, "Niye bunu böyle yaptın?" demedi. "Niye bu işi böyle yapmadın?" da demedi.

Bir yaramazlık yapsa, ne kendi kızardı, ne de başkalarının kızmasına izin verirdi.

Verilen görev

BİR GÜN, Sevgili Peygamberimiz, küçük hizmetkârı Enes'e bir görev verdi. "Falanca yere gidiver!" dedi.

Enes ise:

"Vallahi gitmem!" diye tutturdu. Galiba canı oyun oynamak istiyordu.

Ancak, "Peygamberimizin emrettiği bir işi mutlaka yapmak gerektiğini" biliyordu.

Sonunda gitmeye razı oldu. Yola çıktı ama, yarı yolda, sokak aralarında oynayan çocuklarla karşılaştı. Onları seyrederken, kendini oyuna kaptırıverdi.

Oynadı.. oynadı...

Bir ara, serin ve yumuşacık bir elin kendisini ensesinden tuttuğunu farketti.

Döndü baktı, arkasında Peygamberimiz'i gördü.

Peygamberimiz, Enes'e hiç kızmadı. Çünkü o çocuklara hiçbir zaman kızmazdı.

Pırıl pırıl gülümseyerek:

"Ey Enescik! Söylediğim yere gittin mi?" dedi.

Enes:

"Şimdi, gidiyorum" diye cevap verdi.

PEYGAMBERİMİZ'İN küçük hizmetkârı Enes, çocuklarla oyun oynuyordu. Peygamberimiz geldi ve bütün çocuklara selam verdi. Onlar sevinçle ve neşe ile Allah'ın Elçisi'nin selamını aldılar.

Sonra, Enes'i yanına çağırarak ona bir şeyler söyledi ve bir yere gönderdi.

Enes, söylenilen yere gitti ve o iş her ne ise, onu güzelce yapıp geri geldi.

Peygamberimiz ona:

"Bu yaptığın işi kimselere söyleme!" dedi.

O akşam eve her zamankinden daha geç dönen Enes'e annesi sordu:

"Neredeydin?"

"Peygamberimiz bana bir görev verdi. Onu yerine getirdim. İşte bu yüzden geciktim."

"Neymiş bakalım o görev?"

"Söyleyemem! Bu bir sır!"

"Neden?"

"Çünkü Peygamberimiz 'kimselere söyleme' dedi."

Bu cevaptan sonra, Enes'in annesi Ümmü Süleym, oğluna:

"Aferin sana!" dedi. "Peygamberimizin sırrını kimseciklere söyleme sakın!"

Ve Enes, hayatı boyunca o sırrı kimseciklere söylemedi...

Kabak

GÜNLERDEN bir gün, Enes'in annesi Ümmü Süleym, birazcık taze hurmayı küçük bir sepete koyarak oğluna verdi ve:

"Bunları Peygamberimiz'e götür" dedi.

Enes, sepeti aldı ve hiç vakit kaybetmeden Sevgili Peygamberimiz'in mutluluklar dolu evine koştu. Ancak Peygamberimiz evde yoktu. Bir kimse onu yemeğe davet etmişti.

Enes, Peygamberimiz'in hangi eve davet edildiğini öğrendi ve oraya gitti.

Sevgili Peygamberimiz, Enes'in geldiğini görünce, onu hemen sofraya çağırdı.

Sofrada etli bir kabak yemeği vardı. Ev sahibi biraz da arpa ekmeği yapmıştı.

Enes, yemek yerken, Sevgili Peygamberimiz'in kabağı çok sevdiğini farketti. Ve yemekteki kabakları Peygamberimiz, kolaycana alabilsin diye, onun önüne doğru itekledi.

Böylece birlikte güzel bir yemek yediler.

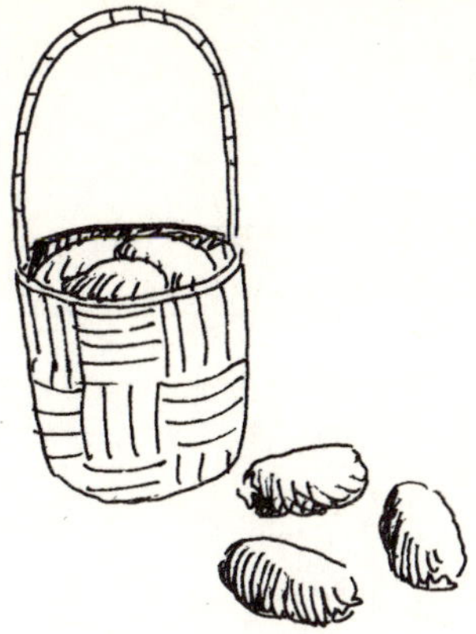

Hepsine afiyet olsun!

Yemekten sonra, Sevgili Peygamberimiz evine döndü. Elbette Enes de onunla birlikteydi.

Eve geldiklerinde Enes, getirdiği hurmaları, Peygamberimiz'in önüne koydu.

Peygamberimiz, o hurmalardan hem kendi yedi, hem de etrafındakilere dağıttı. Hurmalar bitene kadar dağıtmaya devam etti.

Hz. Enes, Peygamberimizin kabağı sevdiğini öğrendiği o günden sonra, ömrünün sonuna kadar, kabağı çok sevdi. Evinde kabak olduğu zamanlar, hep kabak yemeği yapılmasını istedi.

Guder

SEVGİLİ PEYGAMBERİMİZ, Hz. Enes'ten başka çocuklara da küçük işler verirdi. Onlar, kendilerine verilen işi bazen yaparlar, bazen de yapamazlardı. Peygamberimiz onlara hiç kızmazdı. Ama verdiği işi de takip ederdi. Eğer takip etmezse, çocuklar iyi bir terbiye alamazlardı çünkü.

Bir gün, o şanslı çocuklardan bir tanesine, annesine götürsün diye bir salkım üzüm verdi.

Çocukcağız, üzümü aldı ve evine doğru yola çıktı. Ama yolda dayanamadı ve üzümü yedi bitirdi.

Belki önce salkımdan bir tanecik koparıp yedi. Sonra bir tanecik daha, derken bir tanecik daha... Sonra bir baktı ki, koca salkımda tek bir tane üzüm dahi kalmamış...

Birkaç gün sonra, Sevgili Peygamberimiz ona, üzümü annesine götürüp götürmediğini sordu.

Çocuk:

"Yiyiverdim ben onu!" dedi.

Peygamberimiz yine hiç kızmadı. Ama ona Guder adını taktı. Guder, vefasız demekti.

Binek

SEVGİLİ PEYGAMBERİMİZ, bütün çocukları çok, hem de çok severdi. Ama torunları Hasan ve Hüseyin'in elbette onun kalbinde apayrı bir yeri vardı.

Onlar onun ciğerpareleriydi. Kanıydı, canıydı... Nesli onlarla devam edecekti.

Bir gün, Hasan ve Hüseyin'i sırtına almış, güya onların devesi olmuştu.

Sevgili dede, sevgili torunlarıyla böyle oynarken, odadan içeriye Hz. Ömer girdi.

Allah'ın Elçisi'ni bu halde görünce dayanamayıp, çocuklara:

"Ne de güzel bineğiniz var!" dedi.

Sevgili Peygamberimiz ise, ona şöyle cevap verdi:

"Ama onlarda ne güzel binicilerdir!"

On gümüş

SEVGİLİ PEYGAMBERİMİZ, günlerden bir gün, Medine'nin pazarına çıktı. Yanında on gümüş vardı. Kendisine dört gümüşe bir gömlek aldı. Oradan ayrılıp giderken, fakir bir kimse yanına gelip:

"Ey Allah'ın Elçisi, o gömleği bana versen ya!" dedi.

Peygamberimiz gömleği ona verdi.

Sonra dönüp, dört gümüşe bir gömlek daha aldı. Geriye sadece iki gümüş kalmıştı.

Azıcık sonra, ağlayan küçük bir hizmetçi kız gördü.

Ona:

"Niçin ağlıyorsun?" diye sordu.

Küçük hizmetçi kız, hıçkırıklarını tutarak:

"Ev sahibim bana iki gümüş vermişti. Onunla un alacaktım. Ama ben parayı kaybettim" dedi ve hıçkıra hıçkıra ağlamaya devam etti.

Sevgili Peygamberimiz, elinde kalan iki gümüşü o kızcağıza verdi.

"Ağlama!" dedi. "Bunlarla un alabilirsin."

Paraları alan kızcağızın ağlaması birazcık durduysa da, tamamen kesilmedi.

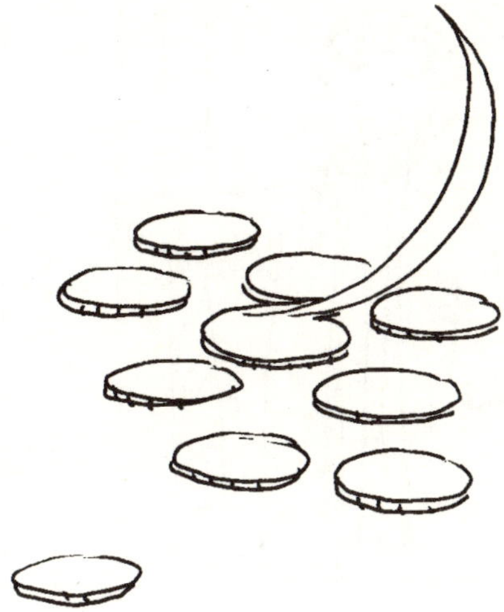

Peygamberimiz:

"İki gümüşü aldığın halde neden hâlâ ağlıyorsun?" diye sordu.

Küçük kız:

"Çünkü eve geç kaldım. Şimdi gideceğim ve beni cezalandıracaklar!" dedi, hıçkıra hıçkıra..

Sevgili Peygamberimiz, unu aldı ve kızla beraber, onun evine doğru yola çıktı.

Akşam vaktiydi, ev sahibi küçük hizmetçisini beklerken, kapının önünde Sevgili Peygamberimizi gördü. Çok şaşırdı, çok da sevindi.

Peygamberimiz ona, küçük hizmetçi kızı cezalandırmamasını söyledi.

O adam ise:

“Ey Allah’ın Elçisi!” dedi. “Sizin evimi şereflendirmenize sebep olduğu için ben onu azad ediyorum. Artık hürdür!”

Sevgili Peygamberimiz bu işe çok sevindi ve o adama dua ettikten sonra:

"Allah şu on gümüşe ne kadar bereket verdi" dedi. "Onunla bir fakire gömlek giydirdi ve şu küçük kız çocuğunu hürriyetine kavuşturdu!"

Mis kokusu

BABASI, küçük oğlu Cabir'i sık sık Sevgili Peygamberimiz'in yanına götürürdü. Bir gün, bir öğle namazında, yine babasıyla mescide gelmişlerdi.

Namazdan sonra, Peygamberimiz mescidden çıktı. Cabir de, usulca onun peşine takıldı.

Biraz gittiler, sokakta oynayan çocuklarla karşılaştılar.

Sevgili Peygamberimiz çocuklara selam verdi. Çocuklar, Peygamberimiz'in kendilerine selam vermesini ve onlarla konuşmasını çok seviyorlardı.

Peygamberimiz o gün, bütün çocuklarla tek tek ilgilendi.

Her birinin başını okşadı, yanağına dokundu.

Cabir, Sevgili Peygamberimiz onun da başını okşasın, yanağını sevsin diye hemen çocukların arasına karıştı.

Tam o sırada etrafa güpgüzel bir koku yayıldı.

Cabir şaşırdı, bu sokak arasında böyle güzel bir koku nereden gelebilirdi?

Etrafına bakınan Cabir, kokunun kaynağını bulmaya çalışıyordu.

Sonunda, Peygamberimiz tarafından yanağının okşanma sırası kendisine geldi.

Ve o mis gibi kokunun nereden geldiğini anladı.

O güzel mis kokusu, Sevgili Peygamberimiz'in ellerinden geliyordu.

Onun elleri, sanki içinde gül yaprakları olan, güzel bir koku sepetinden, henüz çıkmış gibiydi.

Mis gibi kokuyordu, serindi, yumuşacıktı...

Cabir bu kokuyu hayatı boyunca hiç unutmadı.

Öğüt

SEVGİLİ PEYGAMBERİMİZ'İN eşlerinden biri olan Ümmü Seleme annemizin, ilk kocasından olma Ömer adında bir oğlu vardı.

Ömer, dokuz yaşına kadar Peygamberimiz'in dizi dibinde yaşadı.

Bir gün, hep birlikte yemek yiyorlardı. Sofrada tek bir kap vardı. Herkes ondan yiyordu. Ömer, o yemek kabının her köşesinden bir lokma alıyor, eli kabın kenarlarında durmadan dolaşıyordu.

Sevgili ve çok şefkâtli Peygamberimiz ona şöyle dedi:

"Yavrucuğum, Besmele çek, sağ elinle ye ve sadece kendi önünden ye!"

Peygamberimiz, küçük arkadaşlarına hiç kızmazdı. Gerektiği zamanlarda da, onlara böyle tatlılıkla öğütler verirdi.

Eşitlik

BİR GÜN bir adam, Peygamberimiz'in yanında otururken, küçük oğlu yanına geldi. Adam çocuğunu kucakladı, öptü ve dizinin üstüne oturttu.

Az sonra, o adamın minik kızı çıkıp geldi. Adam o minik kızı ne öptü, ne kucakladı, ne de dizine koydu.

Sevgili Peygamberimiz, bu adaletsizlikten hiç hoşlanmadı. Adamı ikaz etti.

"Aralarında eşit davranmadın!" dedi.

Umeyr'in yavru kuşu

HZ. ENES'in Umeyr adında bir kardeşi vardı. Sevgili Peygamberimiz, Enes'i sevdiği gibi, Umeyr'i de çok severdi.

Umeyr'in, minicik bir kuşu vardı. Onu çok sever, ve hep onunla oynardı.

Bir gün kuş ölüverdi.

Sevgili Peygamberimiz, bir gün Eneslerin evine ziyarete gittiğinde, Umeyr'in, çok üzüntülü olduğunu hemencecik farkediverdi ve:

"Bunun nesi var?" diye sordu.

"Onun kuşu öldü. O yüzden üzgün" dediler.

Sevgili Peygamberimiz bunun üzerine, Umeyr ile ilgilendi. Onu yanına çağırdı, sevdi ve:

"Umeyr! Ne oldu nugayr?" dedi. Nugayr, yavru kuş demekti.

Peygamberimiz'in bu ilgisi Umeyr'in üzüntüsünü herhalde hafifletmişti...

Merhamet

SEVGİLİ PEYGAMBERİMİZ bir gün, çok sevdiği torunu Hasan'ı öptü. Yanlarında bir adam vardı. Bu işe çok şaşırdı.

"Benim on tane çocuğum var ama hiçbirini öpmedim" dedi.

Peygamberimiz ona baktı ve:

"Şefkât ve merhamet göstermeyen kimseye Allah da, merhamet etmez!" dedi.

Canımızın canı Peygamberimiz, çocukları çok sever, başlarını okşar, yanaklarını öperdi.

Öpücük ve merhamet

BİR GÜN, çölden bazı adamlar, Medine'ye geldiler. Sevgili Peygamberimiz'i görmek ve onun sohbetini dinlemek istiyorlardı. Belki de orada Müslüman olacaklardı.

O çöl adamları baktılar ki, hem Peygamberimiz, hem de öteki Müslümanlar, çocukları seviyor ve öpüyorlar.

Onlar şaşırdılar.

"Siz çocuklarınızı öpüyor musunuz?" diye sordular.

"Evet öperiz!" dedi Müslümanlar.

Onlar:

"Vallahi bizim çocuklarımızı öpmek gibi bir alışkanlığımız hiç olmadı!" dediler.

Sevgili Peygamberimiz, bu konuşmaları duydu.

O çöl adamlarına kızdı ve şöyle dedi:

"Allah kalplerinizden merhameti çıkardıysa, ben ne yapabilirim!"

Peygamberimiz, çocukları çok öper, sahabilerinden de, çocuklarına iyi davranmalarını ve onları çok çok öpmelerini isterdi.

"Çocuklarınızı çok öpün çünkü her öpücük için size Cennette bir derece verilir ki, iki derece arasında beş yüz yıllık mesafe vardır.

Melekler öpücüklerinizi sayarlar ve sizin için yazarlar" derdi.

Bir bayram sabahı

BİR BAYRAM sabahı idi. Sevgili Peygamberimiz, sokakta, neşe içinde oynayan çocukları gördü. Ancak içlerinden bir tanesi, yolun kıyıcığında hüzünlü bir halde oturmuştu. Diğerleri gibi temiz ve yeni bayram elbiseleri yoktu. Üstü başı kirli ve eskiceydi.

Peygamberimiz, onun yanına gitti ve:

"Oğlum, sen niçin ötekilerle oynamıyorsun?" diye sordu.

Küçük çocuk, hüzünlü bir sesle cevap verdi:

"Ben yetimim. Babam falanca savaşta şehit oldu. Annem bir başkası ile evlendi. Üvey babam ise beni evden kovdu."

Peygamberimiz o yetim çocuğu elinden tuttu ve şöyle dedi:

"Benim senin baban, Aişe'nin de annen, Hasan ve Hüseyin'in de kardeşlerin olmasını ister misin?"

Yetimin gözleri bir anda mutluluktan parıldadı.

"Nasıl istemem Ey Allah'ın Elçisi!" dedi sevinçle.

Sonra, Sevgili Peygamberimiz o küçük yetim çocuğu evine götürdü. Önce karnını doyurdu, sonra üstüne yeni elbiseler giydirdi.

Küçük yetim, sevinç ve neşe içinde arkadaşlarının yanına döndü.

Öteki çocuklar:

"Az önce ağlıyordun. Sana ne oldu da böyle neşelendin?" diye sordular.

O dedi:

"İşte böyle, böyle oldu!"

Onlar dediler:

"Keşke bizim babamızda şehit olaydı da, biz de senin gibi olsaydık!"

Ufaklık

GÜNLERDEN bir gün, Sevgili Peygamberimiz, evinden çıktı ve yanındakilere nereye gittiğini söylemeden yürümeye başladı. Önce çarşıya kadar gitti. Fakat orada durmadı, kızı Fatıma annemizin evine doğru yöneldi. Eve vardığında, kapının önünde oturdu ve Fatıma annemize seslendi:

"Ufaklık evde mi?"

Peygamberimiz, sevgili torunu Hz. Hasan'ı kastediyordu.

O sırada Fatıma annemiz, Hz. Hasan'ı yıkamış, yeni giysiler giydirmiş ve saçını başını tarıyordu. Hasan hemen gelemedi. Peygamberimiz, çok sevdiği torununu bir süre orada bekledi.

Derken, Hasan koşarak dedesinin kucağına attı kendini. Birbirlerine sarıldılar. Peygamberimiz onu öptü ve kokladı. Sonra da şöyle dua etti:

"Allah'ım ben bunu seviyorum!

Onu sen de sev!

Onu sevenleri de sev!"(Amin.)

Sıra sağdakinde

SEVGİLİ PEYGAMBERİMİZ, arkadaşlarıyla sohbet ediyordu. Sağında, henüç çocuk yaşlarında olan Abdullah vardı. Abdullah, Peygamberimiz'in amcası Abbas'ın oğluydu. Solunda ise, yaşlı bir adam oturuyordu.

Bir ara, Peygamberimiz'e süt ikram ettiler. Peygamberimiz, sütten afiyetle içti. Kalanını dostlarına ikram etmek üzereydi ki, Abdullah'a dönerek:

"Sen sağımda oturduğun için sıra sende. Ama istersen, senden önce solumdaki şu yaşlı adama verelim."

Abdullah'ın yaşı küçüktü ama çok zeki ve akıllıydı. Peygamberimiz'in elinden ikram edilen sütü içme fırsatını hele hele de onun mübarek dudaklarının değdiği kaptan içme şansını kolay kolay kaptıracak bir çocuk değildi.

Hiç çekinmeden şöyle cevap verdi:

"Senin elinden kazanacağım hayır ve bereketi kimselere bağışlayamam!"

Böylece, sırasını vermeyerek, Sevgili Peygamberimizden sonra, onun uzattığı tastan sütü ilk o içti.

Hepsine afiyet olsun!

Küçük kızın hurmaları

SEVGİLİ PEYGAMBERİMİZ'E ve Müslümanlara düşmanlık edenler büyük bir ordu toplayıp, Medine'ye saldırmayı plânlıyorlardı. Bu haber Peygamberimiz'e ve arkadaşlarına ulaştığında, Medine'nin, düşmanların gelebileceği tarafına bir hendek kazmaya karar verdiler. Derinliği dokuz, genişliği ise beş metre olacaktı bu hendeğin. Böylece, düşmanlar atlarıyla karşıya geçemeyeceklerdi.

Peygamberimiz ve bütün Müslümanlar hendek kazma işinde çalışıyorlardı. Kimi kazıyor, kimi kazılan yerlerden çıkan toprak ve taşları taşıyordu.

O yorucu günlerden birinde, küçük bir kız çocuğu, eteğine doldurduğu hurmaları, hendek kazan babasına götürmek üzere evinden çıkmış geliyordu.

Yolda Peygamberimizle karşılaştı. Çok sevindi ve babasının nerede olduğunu sordu.

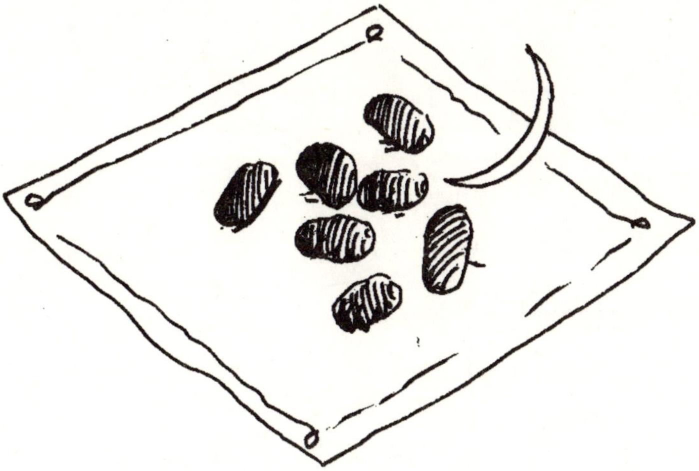

Sevgili Peygamberimiz o küçük kıza:

"Babana ne getirdin?" dedi. Küçük kızın elinden tuttu ve sonra getirdiği hurmaları bir örtünün üzerine koydu. Hepsi ancak iki-üç avuç kadardı.

Çalışanlara:

"Yemeğe geliniz!" emretti.

Peygamberimiz'in emrini duyan herkes, koşarak hurmaların başına geldiler. Onca insan o kadarcık hurmayı yedi.. yedi.. yedi ama bitiremedi.

Bu, Sevgili Peygamberimiz'in herkesin gözüne gözüken bir mucizesiydi.

Hırka

SEVGİLİ PEYGAMBERİMİZ, bir gün üzerindeki hırkanın eteklerinden çekilip durduğunu farketti. Döndü baktı, küçük bir çocuk gördü.

Allah'ın Elçisi gülümsedi ve:

"Çocuğum hırkamı neden çekiyorsun?" diye sordu.

Çocuk:

"Annem öyle istiyor!" dedi.

"Sen kimin oğlusun!" diye sordu Peygamberimiz.

"Ben Ümmül Hakem'in oğlu Abdullah'ım" dedi çocuk.

Ümmül Hakem, Peygamberimiz'in amcasının kızı idi.

Sevgili Peygamberimiz, amcasının kızının ne istediğini anladı. O Allah'ın Elçisi'nin sırtındaki hırkayı istiyordu. Çünkü Peygamberimiz'in mübarek bedenine değmiş bir eşya, bütün Müslümanlar için çok ama çok kıymetliydi.

Canımızın Canı Peygamberimiz, küçük Abdullah'ı da, Ümmül Hakem'i de kırmadı.

Zaten o hiç kimseyi kırmazdı.

Çıkarıp üzerindeki hırkayı, onlara veriverdi...

Yetim çocuğun ağacı

MEDİNE'DE, yetim bir çocuk vardı. Bu yetim çocuk ile, Peygamberimiz'in sahabilerinden birisi arasında, bir hurma ağacı yüzünden küçük bir anlaşmazlık çıktı.

Tartıştılar ama meseleyi çözemediler.

"En iyisi Peygamberimiz'e danışalım, o nasıl olsa en doğru kararı verir" dediler.

Sevgili Peygamberimiz, her ikisini de dinledi. Onlar da şikayetlerini bir bir anlattılar.

Peygamberimiz, sahabinin haklı olduğunu söyledi ve ağacı ona verdi.

O yetim çocuk, başladı ağlamaya. Sevgili Peygamberimiz, yetimin döktüğü gözyaşlarına çok üzüldü.

Sahabiden, ağacı yetime bağışlamasını istedi. Ancak sahabinin, o ağaca çok ihtiyacı vardı. Özür dileyerek, bunu yapamayacağını söyledi.

Yetim çocuk ağlıyor, o ağladıkça Sevgili Peygamberimiz çok üzülüyordu.

Olan biteni seyredenlerin arasında Sabit bin Dahdaha adında bir başka sahabi vardı.

Peygamberimiz, yetimin üzülmesine üzülüyordu; Sabit de, Peygamberimiz'in üzülmesine üzülüyordu.

"Ey Allah'ın elçisi, benim hurma ağaçlarımdan bir tanesini bu yetime versem olur mu?" dedi.

Peygamberimiz teklife çok sevindi.

"Bunun karşılığı, Cennette seni bekleyen bir hurma ağacıdır!" dedi.

Ve Sabit bin Dahdaha, az önceki hurma ağacını sahibinden satın alarak, yetim çocuğa hediye etti.

Yetim çocuk, çok sevindi. O sevinince, Sevgili Peygamberimiz de sevindi ve Sabit'e şöyle dua etti:

"Allah'ım! Sabit'e Cennette meyveli bir hurma ağacı ver!"

Böylece, az önce üzülenlerin hepsinin kalbi, sevinç ve neşe ile doldu...

Yetim

UHUD Savaşı'ndan sonraki günlerden biriydi. Babası savaşta şehit olmuş küçük bir çocuk, Sevgili Peygamberimiz'in yanına geldi ve:

"Babam nerede?" diye sordu.

Peygamberimiz:

"Baban şehit oldu" dedi.

Çocuk ağlamaya başladı. Hıçkıra hıçkıra ağlıyordu.

Sevgili Peygamberimiz onu kucağına aldı. Başını öpüp, bağrına bastırdı.

Sonra da:

"Ben senin baban olayım, Aişe de senin annen olsun, ister misin?" dedi.

Küçük yetim çocuk, Allah'ın Elçisi'nden duyduğu bu sözlere çok sevindi.

Üzüntüsü hafifledi ve kalbi neşe ile doldu.

İki gül goncası

GECELERDEN pırıl pırıl bir geceydi. Sevgili Peygamberimiz'in, en sadık arkadaşlarından Zeyd, onun kapısına geldi. Bir diyeceği vardı.

Peygamberimiz kapıyı açtı. Zeyd ona diyeceğini dedi, soracağını sordu.

Ancak ortada Zeyd'in garibine giden bir durum vardı.

Sevgili Peygamberimiz'in üzerindeki elbise, kıpır kıpır hareket ediyordu. Özellikle, Peygamberimiz'in kucağında, sanki bir şeyler vardı. Elbisenin altında oldukları için görünmüyorlardı.

Acaba bunlar da neydi?

Zeyd, daha fazla dayanamadı ve sordu:

"Ey Allah'ın Elçisi, bunlar nedir?"

Sevgili Peygamberimiz, elbisesini açınca, Hasan ile Hüseyin'in, gülümseyen güzeller güzeli yüzleri ortaya çıktı.

Peygamberimiz, bu iki gül goncasına bakarak şöyle dedi:

"Bunlar benim oğullarımdır. Kızımın yavrularıdır. Allah'ım! Ben bunları çok seviyorum. Onları sen de sev! Onları sevenleri de sev!"

Uyku duası

SEVGİLİ PEYGAMBERİMİZ'İN, küçük arkadaşlarından bir tanesi de, Zeyd bin Sabit'ti. Peygamberimiz onu çok severdi. Zeyd de, Peygamberimiz'i çok, hem de çok severdi.

Bir ara Zeyd, geceleri uyuyamaz oldu. Yatağına yatıyor ama gözlerine bir türlü uyku gelmiyordu. Bu duruma daha fazla dayanamadı. Bir sabah koştu Peygamberimiz'e gitti ve derdini anlattı.

Sevgili Peygamberimiz ona, yattıktan sonra şöyle dua etmesini söyledi:

"Ey yıldızları hareket ettiren, göklere sessizlik veren Allah'ım!

Ey Hayy ve Kayyum** olan Allah'ım! Gözlerime uyku getir. Gecemi huzurlu kıl!"*

Her gece bu duayı okuyan Zeyd bin Sabit, artık uykusuzluk çekmedi. Rahatça uyumaya başladı.

* **Hayy:** Hayat sahibi, hayatın sahibi, kuşlara, böceklere, kuzulara, çiçeklere, meleklere ve çocuklara hayat veren ve onları yaşatan...

****Kayyum:** Her şeyi ayakta tutan. Gökleri, yıldızları, dağları, ağaçları, insanları...

Üsame

SEVGİLİ PEYGAMBERİMİZ, sadık hizmetkârı ve evlatlığı Zeyd'in oğlu olan Üsame'yi çok severdi. Onu kendi öz torunlarından ayırmazdı. Üsame de, Sevgili Peygamberimiz'den hiç ayrılmaz, onun yanında, onun evinde rahatça yer içer, oyunlar oynardı.

Bir gün, başını kapıya çarptı ve düştü. Yüzü kanadı. Peygamberimiz, hemen Aişe anamıza seslendi:

"Kalkıp çocuğun yüzündeki kanı sil!"

Aişe anamız, çocuk sahibi olmadığı için, böyle işleri pek bilmezdi.

Bir bez alıp, Üsame'nin yüzündeki kanları silmeye çalıştı ama pek beceremedi.

Peygamberimiz, bu işin istediği gibi olmadığını görünce, yerinden hızlıca kalktı. Üsame'nin yüzünü güzelce yıkadı. Onu öpüp sevdi ve teselli etti.

Yarış

PEYGAMBERİMİZ'İN amcası Hz. Abbas'ın; Abdullah, Ubeydullah ve Kesir adlarında üç oğlu vardı. Peygamberimiz, bunları çok severdi. Bir gün bu üçünü yan yana hizaya dizdi ve:

"Kim bana ilk önce gelirse, ona hediye vereceğim!" dedi.

Çocuklar neşe ve heyecanla Allah'ın Elçisi'ne doğru koştular. Kimi sırtına atladı, kimi göğsüne sarıldı, kimi beline...

Peygamberimiz de, onları kucakladı...

Keçiyi kim sağacak?

MEDİNE'DE, babaları savaşa gitmiş bir aile vardı. Çocuklar evde yalnız kalmışlardı. Evlerinde bir keçi vardı. Ancak hiçbiri, keçiyi sağamıyordu.

Oysa çocukların süt içmeleri gerekiyordu.

Babaları gelene kadar, bu keçiyi kim sağacaktı?

Sevgili Peygamberimiz bu durumu öğrendi. Çocukların sütsüz kalmasına gönlü razı gelmedi.

Her gün o eve gitti ve keçiyi sağdı.

Çocuklar bu işe çok sevindiler.

Allah'ın Elçisi, her gün evlerine geliyordu.

Ayrıca, babaları aynı keçiyi sağdığında, süt kapları asla tam olarak dolmazken; Peygamberimiz kabı ağzına kadar dolduruyordu.

Bu Sevgili Peygamberimiz'in bereketi ve mucizesiydi.

Uzun süren secde

BİR NAMAZ vaktiydi. Sevgili Peygamberimiz, çok sevdiği torunlarından birini omuzuna alarak mescide gelmişti. Galiba Hasan'dı. Ama Hüseyin de olabilir.

Peygamberimiz, namazı kıldırmak için, en öne geçti. Çocuğu da yanına koyuverdi. Sonrada namaza durdu. Onunla birlikte arkasındaki cemaat de namaza durdu.

Namazda Sevgili Peygamberimiz secdeye gitti ama her zamanki sürede kalkmadı.

Herkes bekliyordu. Bu secde neden bu kadar uzun sürmüştü acaba?

Sakın Peygamberimiz'e bir şey olmasındı?

Bir kişi dayanamadı ve başını secdeden kaldırıp baktı.

Bir de ne görsün!

Torunu, Sevgili Dedesi'nin sırtına çıkmamış mı?!

Hemen secdesine geri döndü.

Namaz bittikten sonra, Allah'ın Elçisi'ne sordular:

"Ey Allah'ın Elçisi! Secdeyi böyle uzatınca başınıza bir hâl geldi sandık!"

Sevgili Peygamberimiz onlara tebessümle cevap verdi:

“Torunum namazda sırtıma bindi. O sırtımdan inene kadar öylece durdum. Acele edip oyununu bozmak istemedim.”

İşte bizim Peygamberimiz, çocuklara karşı böylesine iyi davranışlı idi. Namaz kılan anne ve babasının yanına gelen küçük çocuklara kızanlara ve gürültü yapıyorlar diye camideki çocukları azarlayanlara duyurulur!

Peygamberimiz sizin gibi yapmıyordu!

Ağaçları taşlayan çocuk

BİR ADAM, hurma bahçesindeki ağaçlara taş atan bir çocuğu yakaladı ve ona çok kızdı. Kızmakla kalsa iyi, kolundan tuttuğu gibi, Sevgili Peygamberimiz'in yanına getirdi.

"Hurmaları taşladı, bunun cezasını verin!" dedi.

Sevgili Peygamberimiz, çocuğa, neden ağaçları taşladığını sordu.

Çocuk:

"Karnım aç olduğu için ağaçları taşlıyordum" dedi. "Hurma düşürüp yiyecektim."

Peygamberimiz ona hiç kızmadı, sadece güzel bir öğüt verdi:

"Oğlum! Hurma ağaçlarına taş atma. Yere düşmüş hurmaları al ve ye!"

Sonra da, o çocuğa hayırlı dualar ederek, evine gönderdi.

Ağlayan bir çocuk

SEVGİLİ PEYGAMBERİMİZ, sabah namazlarını biraz uzun kıldırırdı. Öteki namazlara göre daha çok ayet okur ve daha ağır okurdu. Ancak bir sabah, namazı hiç kimsenin beklemediği kadar kısa kıldırdı.

Namazdan sonra hemen sordular:

"Ey Allah'ın Elçisi, bugün namazı neden bu kadar kısa kıldırdın?"

Peygamberimiz, şöyle dedi:

"Ağlayan bir çocuğun sesini duydum. Annesi üzülmesin, çocuğu ile ilgilensin diye namazı kısa tuttum."

Taze meyve

SEVGİLİ PEYGAMBERİMİZ'İN arkadaşları, onu, canlarından çok severlerdi. Bağ ve bahçelerinde, ya da çarşıda taze bir meyve görseler; hemen alır ve sevinçle Allah'ın Elçisi'ne getirirlerdi. Kendilerinden bile önce, o tatsın isterlerdi.

Peygamberimiz ise, o tatlı nimetleri veren Allah'ımıza güzelce şükürle beraber, bağ ve bahçelere bereket duaları ederdi.

Sonra da etrafına bakar ve gördüğü ilk çocuğu yanına çağırarak, meyveyi önce ona tattırırdı.

Bu onun, çocuklara olan dağlar gibi büyük sevgi ve şefkâtinin, küçücük bir örneği idi...

Küçük Ümame ile namaz

GÜNLERDEN bir gün, Sevgili Peygamberimiz, kız torunu Ümame'yi kucağına alıp, mescide gitti.

Allah'ın Elçisi'ni, kucağında bir çocuk ile görenler önce şaşırdılar. Hele bu çocuk, İslâmiyet gelmeden önce, değersiz gördükleri bir kız çocuğu olunca, biraz da garipsediler.

Ezan okunduktan sonra, Allah'ın Elçisi,

namaz kıldırmak için en öne geçti. Ümame ise, hâlâ kucağındaydı. Oysa birazdan namaz başlayacaktı.

Herkes, Peygamberimiz'in, namaza durmadan önce küçük Ümame'yi yere bırakacağını düşünüyordu.

Ama öylc olmadı. Sevgili Peygamberimiz, kucağında Ümame olduğu halde namaza durdu. Secdeye gidince onu yere koydu. Ayağa kalktığında ise, tekrar kucağına aldı.

Namazı işte bu şekilde tamamladı.

Elbette namaz çok önemliydi ama çocuklar da çok değerliydi.

Eme

KÜÇÜK bir kız çocuğu, babası ile birlikte Sevgili Peygamberimiz'in yanına gelmişti. Babasının adı Halit'ti ve ilk Müslümanlardan bir tanesiydi. Peygamberimiz onu çok severdi.

Mekke'de ilk Müslümanlara çok işkence ettikleri için, Habeşistan'a göç edenlerdendi. Yanındaki bu küçük kız da Habeşistan'da doğmuştu. Adı da Eme idi.

Sevgili Peygamberimiz Eme'yi çok sevdi. Eme'nin üzerinde sarı renkte güzel bir elbise vardı. Peygamberimiz ona, "Ne güzel elbisen var" dedi. Başka güzel sözler de söyledi.

Eme, Allah'ın Elçisi'nden gördüğü bu sevgi ve yakınlıktan çok memnundu.

Peygamberimizin sırtında, iki omuzunun ortasında bir peygamberlik mührü vardı. Ben gibi irice bir benekti bu.

Eme o mührü gördü ve onunla oynamaya başladı.

Eme'nin babası, kızının yaptıklarından utandı.

Ne de olsa karşısındaki Allah'ın Peygamberi idi.

Kızına, "Yapma gel bakayım yanıma!" dedi.

Sevgili Peygamberimiz ise:

"Çocuğa engel olma! dedi. Gönlünce oynamasına izin verdi...

Bilmece

HZ. ÖMER'İN oğlu Abdullah, çok akıllı bir çocuktu. Peygamberimiz onu çok severdi. O da Allah'ın Elçisi'ne sonsuz bir sevgi ile bağlıydı.

Günlerden bir gün, Sevgili Peygamberimiz arkadaşlarıyla oturmuş sohbetler ediyordu. Abdullah da aralarındaydı.

Peygamberimiz:

"Ağaçlar içinde öyle bir ağaç var ki, yapraklarını hiç dökmez. Allah'ın izni ile meyvesini verir. İyi Müslümanlar gibi bereketlidir. Söyleyin bakalım o hangi ağaçtır?" diye bir soru sordu.

Oradakiler, akıllarına gelen ağaç isimlerini bir bir saydılar. Ama doğru cevabı bilemediler.

Abdullah içinden "O hurma ağacıdır" dedi. Ancak orada bulunanların en küçüğü olduğu için utandı ve cevabı sesli söyleyemedi.

Kimse cevabı bilemeyince, Sevgili Peygamberimiz'e, "Ey Allah'ın Elçisi, o hangi ağaçtır?" diye sordular.

Peygamberimiz:

"Hurma ağacıdır!" dedi.

Vakit ilerledi, sohbet bitti ve herkes evine gitti.

Abdullah babası ile evlerine doğru giderken:

"Ben onun hurma ağacı olduğunu biliyordum" dedi.

Hz. Ömer:

"Eğer bildiğini orada söyleseydin, dünyalara sahip olmuş gibi sevinirdim" diye cevap verdi.

Yalan yok!

SEVGİLİ PEYGAMBERİMİZ, günlerden bir gün, bir kadının çocuğunu şöyle çağırdığını işitti:

"Hele gel bak, sana ne vereceğim!"

Peygamberimiz sordu:

"Gelirse ona ne vereceksin?"

Kadın, "Gelirse ona bir hurma vereceğim!" diye cevap verdi.

"Allah'ın Elçisi, bu cevaptan sonra kadına şöyle dedi:

"Dikkat et! Eğer ona bir şey vermeyecek olursan, yalan söylemiş olursun!"

Sevgili Hüseyin

GÜNLERDEN BİR GÜN, Sevgili Peygamberimiz ve arkadaşları, bir yemek davetine gitmek üzere yola çıkmışlardı.

Yolda, Peygamberimiz'in sevgili torunu Hüseyin ile karşılaştılar. Pek çok çocukla birlikte oyun oynuyordu.

Peygamberimiz, Hüseyin'i görünce, arkadaşlarının önüne geçip, onu tutmak için kollarını iki yanına açtı.

Hüseyin ise, dedesini gördüğüne çok sevinmişti. Kendisini hemencecik yakalamasın diye sağa sola gülerek kaçışmaya başladı.

O ne tarafa kaçıyorsa, Sevgili Peygamberimiz de, ellerini açarak, o tarafa doğru onu tutuncaya kadar koştu.

Sonunda Hüseyin'i, mübarek kollarının arasına aldı. O mis kokulu ellerinden birini, torununun çenesine, ötekini de ensesine koydu ve yüzünden gözünden öptü.

Arkadaşlarına dönerek:

"Hüseyin bendendir, ben de Hüseyin'denim! Kim Hüseyin'i severse Allah da onu sevsin!" dedi.

Bir küçük asker

İSLÂM ORDUSU, Uhud Savaşı için yola çıkmıştı. Sevgili Peygamberimiz on beş yaşın altındakilerin savaşa katılmalarına asla izin vermiyordu. Bir tek, çok iyi bir ok atıcısı olduğu için Rafi'ye izin verilmişti. O, on dört yaşlarındaydı.

Rafi, gibi orduya katılmak için can atan çocuklardan biri de Semure idi. O da on dört yaşındaydı. Ama iri cüsseli bir çocuktu. Çok da güçlüydü.

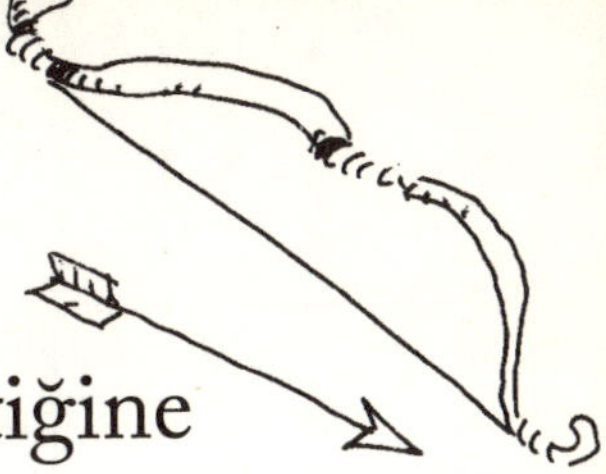

"Allah'ın Elçisi, Rafi'yi kabul ettiğine göre beni de geri çevirmez" diye düşünüyordu. Babasına gitti ve:

"Peygamberimiz Rafi'ye izin vermiş. Ben ondan güçlüyüm. Onu güreşte yenebilirim. Ne olur, Peygamberimiz'e rica et, beni de alsın!" diye yalvardı.

Babası oğlunun ısrarlarına direnemedi. Allah'ın Elçisi'nin yanına gidip, Semure için izin istedi.

"Ey Allah'ın Elçisi! Rafi'yi kabul ettiniz. Semure de gelmek istiyor. Onu neden geri çeviriyorsunuz? Benim oğlum, onu güreşte yenebilir!" dedi.

Peygamberimiz:

"Öyleyse bir güreşsinler!" dedi.

Gerçekten de Semure, Rafi'yi yenmeyi başardı. Sevgili Peygamberimiz de, onu geri çevirmedi. İslâm ordusuna alıp, savaşa katılmasına izin verdi.

Küçük imam Amr

MEKKE'NİN yakınlarındaki küçük bir köyde, Amr adında küçük bir çocuk vardı. Yedi-sekiz yaşlarındaydı ve çok zeki bir çocuktu.

Zaman zaman köylerine gelip, büyüklere İslâm Dini'ni anlatanları hiç kaçırmaz dinlerdi. Onların okudukları ayetleri bir duymada ezberlerdi.

O köyde, Kur'an'ı küçük Amr'dan daha iyi bilen hiç kimse yoktu.

Mekke Müslümanlar tarafından feth edildikten sonra, Amr'ın köyündekiler, Sevgili Peygamberimiz'e gelip:

"Biz Müslüman olmak istiyoruz." dediler.

Peygamberimiz, onlara İslâm'ı anlattı. Aralarından Kur'an'ı en iyi bileni imam yapmalarını söyledi. Böylece namazlarını bir arada kılabilirlerdi.

Köylüler, düşünüp taşındılar ve Kur'an'ı en iyi bilenin Amr olduğuna karar verdiler. Ve küçük Amr'ı kendilerine imam yaptılar.

Ancak, Amr'ın kısacık bir elbisesi vardı. Namaz kıldırırken, secdeye gittiğinde her bir yeri görünüyordu.

Amr çok utanıyordu.

Köylülerden yaşlı bir kadın, Amr'ın du-

rumunu görünce, şöyle dedi:

"Küçük imamınıza yeni bir elbise alsanıza!"

Köylüler, Amr'a yepyeni bir elbise aldılar.

Küçük imam Amr, bu yeni elbiseye çok sevindi.

İyileştiren dua

ALLAH, Sevgili Peygamberimiz'e pek çok mucizeler vermişti. Azıcık yiyecek onun duasıyla yüzlerce kişiye yeterdi. Azıcık su, ellerini içine koyduğunda çoğalır çoğalır, bütün ordunun ihtiyacını görecek kadar çoğalırdı. Ellerine aldığı taşlar konuşur, dokunduğu yaralar iyileşirdi. Dudaklarından dökülen dualar, hemencecik kabul edilirdi.

Medine'de, Muhammed adında bir çocuk vardı. Ona bu ismi anne ve babası koymuştu. Muhammed, Sevgili Peygamberimiz'in ismini alan ilk çocuktu.

Muhammed'in annesi, bir gün yemek yapmak için ocağa bir tencere koydu. Ancak yemek pişmeden, odunlar yanıp bitiverdi. Kadın, yeni odun bulmak için evden çıktı.

O sırada on yaşlarında olan Muhammed, ortalıkta oynarken, tencereyi devirdi. Tenceredeki kaynar su, Muhammed'in kolunu yaktı.

Evladının çığlıklarını duyunca, koşarak eve gelen annesi, acılar içinde kıvranan yavrusunu kaptığı gibi, Sevgili Peygamberimiz'in yanına götürdü.

"Ey Allah'ın Elçisi!" dedi. "Bu benim yavrum Muhammmed'dir. Ona senin adını verdik. Üzerine kaynayan su döküldü. Ne olur dua et de, Allah onu iyileştirsin!"

Sevgili Peygamberimiz, adaşına dua etti. Başını okşadı, onu teselli etti. Yarasına mübarek elleriyle dokundu..

Muhammed, Peygamberimiz'in evinden ayrılırken, kolundaki yanıktan hiçbir iz ve acı kalmamıştı.

www.zafer.com - zafer@zafer.com
twitter.com/zaferyayinlari - facebook.com/zaferyayinlari
instagram.com/ugurbocegiyayinlari